EL DUQUE DE AQUITANIA

Ángel de Saavedra, Duque de Rivas

¡Oh tú, ninfa gentil del Manzanares,
que entre las más bellas y graciosas
que triscan en su orilla, de fragantes
flores la sien orlada, el albo cuello
de oro de ofir y perlas del Oriente,
descuellas como suele alba azucena
predilecta de Flora en el risueño
cultivado jardín! Torna un instante
a mí los ojos, do el amor se anida,
tórnalos, pues, a tu amoroso hermano,
y oye su voz y los llorosos versos
con que pinta el furor de las pasiones,
la austeridad de la virtud sublime
y la venganza atroz de los delitos.
Óyeme, hermana, y favorable acoge
esta mortal ficción que la engañosa
escena va a ocupar, y que felice
será si arranca de tu tierno pecho
un ardiente suspiro, o si humedece
tu rostro hermoso con sensible llanto.
Yo, acostumbrado a lamentar amores
en arpa de marfil, quise, atrevido
más altivo volar, y el sofocleo
coturno osé ceñir, y a Melpomene
pedí anheloso su puñal terrible.
Mas ¿cómo solo a la fragosa cumbre
donde mora arribar, sino siguiendo
las huellas de algún genio esclarecido
que a la cima subió? Nunca el polluelo
del águila caudal desplegar sabe
las alas temerosas y aun no firmes
por la inmensa región solo y sin guía.
La atroz venganza del inachio Orestes,
que allá en remotos siglos vio, extasiado
de Atenas el magnífico liceo,
y en nuestros días con mayores glorias

resucitó el ingenio honor de Italia,
mi guía ha sido en tan audaz empresa:
empresa que a tu amor sólo dedico,
y ora estudiosa estés y retirada,
con brillante pincel que el arte mueve,
imitando las bellas perspectivas
que en sus montes y selvas nos presenta
Naturaleza hermosa, y las cascadas
que dan vida al país, y los lozanos
chopos que agita el apacible ambiente,
copiándolos con tanto magisterio
que, engañados los ojos, se imagina
escuchar el susurro de las hojas
y ver la espuma del sonante arroyo;
ora te encuentres en festín brillante,
oyendo amores y abrasando pechos;
o bien en el salón de mármol y oro,
de cien antorchas al fulgor luciente,
y al concertado son de los violines,
diosa del baile y de las gracias diosa,
ostentes tu modesta gentileza
al medido compás girando el cuello,
y el delicado talle, y resbalando
el breve y ágil pie, que en vano esconde
de la fimbria talar el suave ondeo.
Niégate un punto al hervoroso aplauso
de la importuna turba de amadores,
y escucha a Elisa, tímida, inocente,
lamentar el rigor de su destino,
y mírala en los brazos de su hermano
amar, llorar, temblar... ¡Ay! Su ternura,
su fraternal cariño, es un remedo
del que en tu tierno corazón se anida
y hace el encanto de tus deudos todos,
y, aunque anhelan mis versos retratarlo,
no tanto alcanzarán... Mas sea, al menos,
mi entrañable amor testigo firme
este ligero don que hoy te tributo.
Harto pequeño, a fe; mas tú, por mío,

lo acogerás benigna. Así, el excelso
rey del Olimpo recibir, acaso,
más grato suele las humildes flores
que le presenta en rústicos altares
sencillo labrador, que el hecatombe
que en aras de oro y en soberbio templo
le ofrece el poderoso, pues no estima
anto la pompa de holocausto rico
cuanto la sencillez y fe sincera
con que el mortal su omnipotencia adora.

ACTO I

ESCENA I

EUDÓN, ELISA y *LINSER*

EUDÓN.
Modera tu dolor, enjuga el llanto,

que ofenden mi cariño y mi terneza.

Si te ha privado el áspero Destino

de los que el ser te dieron, hoy encuentras

en mí su amor. Hermano de tu padre

y su heredero en fin, tú eres la prenda

a quien mi amor consagro y mis desvelos.

Del claustro silencioso do crecieras,

libre de los horrores y perfidias

de las facciones que hasta aquí cubrieran

de aflicción y de luto estos estados,

y do tu padre te dejó encubierta

cuando a reconquistar partió animoso

de Palestina la sagrada tierra,

te saca mi cariño, a que mi esposa

y la señora de Aquitania seas.

ELISA.   Señor…, ¡ah!, por piedad… Dejad que inunden

las lágrimas mi pecho y no os ofendan.

Desastres e infortunios me circundan…

Un padre desgraciado, a quien la diestra

de un alevoso pérfido asesino

del sagrado Jordán en las riberas

arrebató a mi amor… La adversa suerte

de una madre infeliz, que a la hora mesma

que me puso en los brazos de la vida

la hundió la muerte en la quietud eterna,

y un hermano que existe miserable

allá en Jerusalén, entre cadenas,

son los bienes que el mundo ante mis ojos,

¡desventurada yo!, sólo presenta.

Educada, señor, en el asilo,

donde la paz y la virtud se albergan,

a su seno tranquilo y silencioso

volver y a su quietud mi pecho anhela.

Dejad que en él por siempre me sepulte,

ignorada del orbe… Ha que gobiernas

más de un lustro el estado que heredaste;

feliz fuiste sin mí. Deja que vuelva

a la mansión donde aumenté mis días,

a lamentar mi desdichada estrella.

El bullicio del mundo me horroriza...

EUDÓN. Mi dulce amor y mis caricias tiernas

te lo harán lisonjero y agradable.

En mí hallarás de padre la terneza,

y de rendido esposo el fiel cariño.

¡Qué!... ¿Tu lozana juventud risueña

en el retiro lóbrego y oculto

de un claustro ha de yacer?... No, Elisa bella.

Pronto los dulces lazos de himeneo

conmigo te unirán.

ELISA. ¡Señor!...

EUDÓN. ¿Se altera

tu corazón sencillo al escucharme?...

La timidez, el susto y la vergüenza

relucen en tu faz. ¡Ah!... No lo extraño.

Propio es, divina Elisa, en tu edad tierna.

Propio en tu educación, lejos del mundo,

la turbación que tu semblante muestra.

Retírate, si quieres, a tu estancia,

y allí, con reflexión y a solas, piensa

las ventajas que logras con mi mano.

Tus lágrimas amargas, ¿qué remedian?...

Ni dar vida a los que a ti la dieron,

ni a tu hermano librar puedes con ellas,

pues yo mismo no llego a conseguirlo

con todo mi poder y mis riquezas.

Y tal vez…

ELISA.   ¿Qué, señor?

EUDÓN.   Víctima al cabo…

ELISA.   ¡Gran Dios!… ¿Y vos juzgáis?

EUDÓN.   De su existencia

ha tiempo nada sé. Casi es seguro

que de nuestra familia augusta y regia

tú y yo sólo quedamos, y su lustre

debemos conservar y su grandeza.

Si amor hacia tu nombre hay en tu pecho

si mi cuidado paternal deseas

recompensar, accede a este himeneo

que al estado y a ti tanto interesa.

Mas, ¡ay!…, ahora no estás para escucharme,

un susto nuevo el corazón te inquieta.

¿Mi presencia te embarga?… Anda, ¡oh mi Elisa!,

procura consolar tu amarga pena,

y mide y reflexiona mis razones,

y mi amor con tu suerte considera.

ELISA.   ¡Oh Dios!… ¡Eterno Dios!…

ESCENA II

EUDÓN y ***LINSER***

EUDÓN.	¿Has escuchado?...
LINSER.	Advertí su obstinada resistencia.
EUDÓN.	Obstinada en verdad. Mas ¿qué me importa?
	Si su propio interés a convencerla
	y el halago y dulzura no alcanzasen,
	apelaré al poder y la violencia.
LINSER.	¡La violencia..., el poder! Señor..., perdona.
	La lealtad que os profeso no lo aprueba.
	¿Qué conseguís con este enlace?
EUDÓN.	Amigo,
	mi dominio afirmar.
LINSER.	Pues ¿qué recelas?
EUDÓN.	Con este objeto conservé su vida;
	de Alberto y de Reynal es la heredera,
	y en un contrario soplo de fortuna,
	ella de mi poder el ancla sea.
LINSER.	¿Quién derrotar tu poderío puede
	y el augusto esplendor en que te encuentras?
EUDÓN.	¡Oh funesto esplendor! Linser, no sabes
	los horribles temores que me cercan,
	el continuo afanar que me devora,
	el espanto que siempre me atormenta;
	desde que, conseguidos mis deseos,
	en mí Aquitania a su señor venera.

Cuando de envidia y de rencor roído

mi triste corazón, en la suprema

autoridad miraba a aquel hermano,

cuyo poder y cuya gloria excelsa

siempre eran torcedores espantosos

de mi sañudo pecho y alma fiera,

juzgaba que, en logrando sus dominios,

la dulce paz y la quietud tendieran

sus alas sobre mí... Mas, ¡dura suerte!,

despareció mi hermano de la Tierra,

ocupé su dosel, señor me veo

de Aquitania; su imperio, sus riquezas,

todo es mío, Linser; pero no acaban

mis tormentos..., ¡oh Dios!... Doquier me queja

el recuerdo cruel del fratricidio

y encuentro dondequier agrias sospechas.

El pueblo me obedece, el mundo ignora

mi atroz delito, nadie lo penetra;

pero en mi pecho por jamás se acaba

y me abruma sin fin. Mi mente encuentra

continuos sustos y temores nuevos.

LINSER.   Vano es vuestro temer. ¿Quién hay que pueda

ni aun sólo imaginar que a vuestro hermano

hicisteis muerte dar?... ¿Quién que no crea

que al hondo suelo del sepulcro frío

su propio arrojo le arrastró en la guerra?

EUDÓN. Yo lo sé, y basta a que mi insano pecho

desgarrado sin fin, Linser, se vea.

Y sólo mi sobrina, Elisa sólo,

lo pudiera calmar.

LINSER. ¡Señor! No acierta

mi pensamiento...

EUDÓN. Amigo, yo la adoro.

Amor tiene gran parte en mis propuestas.

LINSER. ¡El amor!... ¡el amor!... ¿Pasión tan débil

en tu esforzado corazón cupiera?

EUDÓN. ¡Ay! En vano ocultarlo procuraba.

Su encanto, su beldad, su gentileza,

interesan mi pecho, si su nombre

a mi mando y poder les interesa.

Sí, amigo; aquella faz donde pintadas

están la candidez y la inocencia,

me enciende el alma en amoroso fuego

y arde mi seno en su pasión violenta.

Elisa, sólo Elisa, el borrascoso

mar donde mi corazón triste se anega

puede amansar... Su halago, sus caricias,

su tierna mano y su sin par belleza,

el bálsamo anhelado y delicioso

serán que curen mis terribles penas.

LINSER,   Me pasmo de escucharte... ¿Que es posible...?

EUDÓN.   Sí, Linser, sí; la adoro. Se interesan

                 mi pecho a un tiempo y mi usurpado cetro

                 en esta unión.

LINSER.   Permite mi extrañeza.

                 ¿Tu pecho interesarse? ¿El cuello rindes

                 del blando amor a la servil cadena?...

                 Tu temple y tu valor serán vencidos.

                 Huye esa vil pasión que así te ciega.

                 ¡Tu cetro!... ¿Necesitas, por ventura,

                 del apoyo de Elisa?... ¿Qué recelas?

                 ¿No ha más de un lustro que el estado riges?

                 Los que a reconocerte no accedieran

                 desaparecieron ya. Del duque Alberto,

                 ni antiguo servidor ni parcial queda;

                 Arnaldo y nadie más le sobrevive.

                 A sus ojos la trama fuer encubierta,

                 y, fiel a tu familia, ama tu nombre

                 y por señor te acata y te respeta.

EUDÓN.   Mas vive mi sobrino: Reynal vive.

LINSER.   Allá en Salén, cargado de cadenas.

EUDÓN.   De horror me hielo al pronunciar su nombre.

                 Se acerca al quinto lustro... ¡A Dios pluguiera

                 arrebatarlo a la espantosa tumba

                 de su padre infelice por las huellas!

LINSER.   Harto seguro está su tierno cuello

               atado al yugo del triunfante persa,

               y muerto habrá tal vez. Mas ¿Rotolando

               desde Chipre, señor...?

EUDÓN.   Siempre está alerta

               para oponerse a que rescate logre

               y hacer su servidumbre más estrecha.

LINSER.   Y aunque su libertad Reynal consiga,

               yace su nombre en hondo olvido; apenas

               se acuerda el pueblo de él, y nada puede

               sin opinión, sin deudos, sin riquezas.

               Abyecto y avezado a servidumbre,

               y joven aun, ni osara...

EUDÓN.   Arnaldo llega.

ESCENA III

EUDÓN, LINSER y *ARNALDO*

ARNALDO.   Señor, un caballero que de Chipre

               acaba de llegar, veros desea.

EUDÓN.   ¿Y le conoces tú?

ARNALDO.   Jamás le he visto.

EUDÓN.   ¿Es joven?

ARNALDO.   Joven es.

EUDÓN.   ¿Y manifiesta

               su condición el traje?

ARNALDO.	De guerrero.
EUDÓN.	¿Y dice que pretende...?
ARNALDO.	Daros nuevas
	de vuestro amigo el conde Rotolando.
EUDÓN.	Condúcele al momento a mi presencia.

ESCENA IV

EUDÓN y *LINSER*

EUDÓN.	Linser, noticia de Reynal, sin duda,
	me envía Rotolando.
LINSER.	¿Y qué os altera?
EUDÓN.	Nada, Linser... ¿Será tal vez su muerte?
LINSER.	Ya lo vais a saber, que el joven entra.
EUDÓN.	¡Qué aspecto tiene tan gallardo y fiero!

ESCENA V

EUDÓN, LINSER, REYNAL, ARNALDO y *GUARDIAS*

REYNAL *se detiene al entrar con muestras de turbación, mira ferozmente a* **EUDÓN** *y luego se reporta.* **ARNALDO** *se retira al punto.*

EUDÓN.	¿Qué os detiene? Llegad...
REYNAL.	Allá en la guerra,
	nacido y educado y siempre lejos
	del fausto y brillo y de la pompa regia,
	de este palacio el esplendor me turba,
	y me turba también vuestra presencia.

EUDÓN.	Acercaos. ¿Quién sois?

REYNAL.	Un caballero.

EUDÓN.	¿Vuestro nombre?

REYNAL.	Clonard.

EUDÓN.	Vuestra nobleza

se deja ver en talle y compostura.

¿Y a quién buscáis?

REYNAL.	A Eudón.

EUDÓN.	Al que venera

por su duque Aquitania.

REYNAL.	Al que se nombra

tal.

EUDÓN.	Y bien: ¿qué queréis?

REYNAL.	De una funesta

noticia soy el portador.

EUDÓN.	¿El conde

Rotolando os envía? ¿Y cuáles nuevas?

REYNAL.	Reynal, vuestro sobrino...

EUDÓN.	¿Qué?...

REYNAL.	A mi labio

permitidle, señor, que lo refiera.

Reynal, vuestro sobrino, que, cautivo,

abrumado de oprobio y de cadenas,

vivió en Jerusalén...

EUDÓN.	¿Qué, por ventura,

salió de esclavitud? ¿Libre se encuentra?

¿Logró romper las bárbaras prisiones

y animoso, tal vez, a Francia vuela?

¿Y...? Decid... Acabad.

REYNAL.   No es tan feliz

mi mensaje. Calmaos.

LINSER.   (*Mirando a* EUDÓN.)

¡Oh, cómo tiembla!

EUDÓN.   ¿Murió acaso?... Decid: ¿su edad florida

es ya despojo de la Parca horrenda?

REYNAL.   Vos lo decís.

EUDÓN.   ¿Y cómo...?

REYNAL.   Qué, ¿es extraño,

en medio del horror de la miseria

de su suerte infeliz? Un tierno joven,

preso, aherrojado y siempre en las tinieblas

de las negras, hondísimas mazmorras,

¿cómo arrastrar su mísera existencia

por más tiempo alcanzara?...

EUDÓN.   Y vos, en Chipre...

REYNAL.   El conde me detuvo, hasta que cierta

fuer la noticia del fatal suceso,

y me encargó que a vos la refiriera.

EUDÓN.   ¿Y estáis seguro...?

REYNAL.   El conde Rotolando...

EUDÓN.   No; jamás me engañó, que a la sincera

amistad que le tengo corresponde.

Linser, si no supiera con certeza

la muerte de Reynal, juzgo que nunca...

LINSER.   Ya conocéis del conde la prudencia;

no tenéis que dudar...

EUDÓN.   ¿Y sólo a Francia

el darme esta noticia tan funesta

os conduce, Clonard?

REYNAL.   Al mismo tiempo

vengo a buscar una perdida herencia.

EUDÓN.   Contad en vuestro auxilio, desde luego,

toda mi autoridad y mis riquezas.

REYNAL.   Sí; vos me ayudaréis a recobrarla.

EUDÓN.   Aunque el mensaje vuestro me atraviesa

el alma de dolor, pues mi sobrino

era mi único afán, la unión estrecha

que me ha ligado al conde Rotolando,

que a mi palacio os dirigió, me empeña

en vuestra protección y en vuestro obsequio.

¡Hola, Arnaldo!

ESCENA VI

Los mismos y *ARNALDO*

ARNALDO.   Señor...

EUDÓN.	Que aquí se hospeda
	el caballero de Clonard. ¿Descanso,
	sin duda, desearéis?
REYNAL.	Mi alma lo anhela.
EUDÓN.	(*A* ARNALDO.)
	Condúcele a su estancia.

(Vanse ARNALDO *y* REYNAL *por un lado y guardias por otro.)*

ESCENA VII

EUDÓN y *LINSER*

EUDÓN.	¿Qué me dices,
	Linser? Murió Reynal. Ya no hay quien pueda
	derrocar mi poder. El Cielo mismo
	mi usurpación y mi dominio aprueba.
	Ya no hay competidor… ¡Ah!, si consigo
	la hermosa mano de mi Elisa bella,
	la dulce calma, la quietud sabrosa
	mi pecho halagarán. Al punto sepa
	que no existe su hermano, y ya no dudo
	que al cabo he de lograr el convencerla.
	Vamos, amigo, vamos.

LINSER.   *(Aparte.)*

¡Cuál se engaña!

¿Suya Elisa? Jamás… ¡Terrible idea!

ACTO II

ESCENA I

REYNAL y *ARNALDO*

ARNALDO.   ¿Será verdad, señor, la triste nueva

que acabo de escuchar?… Decidme: es cierto

que el duro brazo de la injusta Parca

osó tronchar el inocente cuello

de Reynal infeliz?

REYNAL.   Sí; la noticia

yo traje a tu señor.

ARNALDO.   ¡Oh santo Cielo!

¡Desventurado joven!… ¡Cuántas veces,

en estos brazos, en sus años tiernos,

le condujo mi amor! ¡Cuánto anhelaban

mis tristes ojos el volver a verlo!...

De mi edad moribunda los trabajos

me eran leves tal vez, porque mi pecho

esperanza de verle conservaba,

y de estrecharle en mi marchito seno.

REYNAL.   ¿Conque tanto le amabas?

ARNALDO.   ¿Si le amaba?

¡Ah!... Yo le vi nacer, que ya escudero

entonces era de su heroico padre;

pero ¡cuántas desgracias!... ¡Oh recuerdos!...

Perdonad mi dolor. ¡Ay!, me parece

que al infeliz Reynal ora estoy viendo,

cuando armado salió para el combate,

donde fuer cautivado... Un dulce beso

di a su frente al ceñirle el rico casco,

que ornaba un blanco airón. ¡Qué noble fuego

en sus ojos ardía!... ¡Desdichado!

No le he vuelto a ver más... Aquel perverso

de Clariñar se lo entregó a los persas,

con otros veinte jóvenes guerreros.

¡Cuál fuer la pena de su amante padre!...

Pero ¿os estremecéis? ¡Ah, si vos mismo

le hubierais conocido!... ¡Cuán gallardo!

Del quinto lustro ya no andaba lejos...

La edad vuestra, a mi ver... ¡Oh triste joven!

¡Hijo infeliz del infelice Alberto!...

¿Por qué la horrible muerte no ha segado

de este inútil anciano el débil cuello,

en vez del hilo de tu amada vida?...

¡Ay, cuánto luto y lágrimas y duelo

causarás a Aquitania, que, anhelosa,

ansiaba quebrantar tus duros hierros!

REYNAL.	¿Que con Eudón, decís, no está contenta?

ARNALDO.	¡Eudón!... De estos estados el gobierno

tomó, a falta del joven sin ventura,

que allá en Jerusalén, ¡oh Dios!, ha muerto.

Y hoy su dominio afirma para siempre,

pues le une con Elisa el himeneo.

REYNAL.	¿Con Elisa...?

ARNALDO.	Señor, es una hermana

del infeliz Reynal.

REYNAL.	¡Qué escucho!... ¡Cielos!

¿Y ella accede gustosa...?

ARNALDO.	Ayer el duque,

a este fin, la sacó del monasterio

donde educada está; pero imagino

que su inocente y virtuoso pecho

resiste el duro enlace... Mas ¿qué puede

su repugnancia, ¡ay Dios! contra el supremo

querer de Eudón?... ¿Acaso hay quien se atreva

a contrariar en algo sus deseos?...

REYNAL.	Qué, ¿tanto el pueblo le respeta y ama,

o tanto teme...?

ARNALDO.	Todos con respeto

lo miramos, señor; siempre leales

los aquitanos y sumisos fueron.

Pero en Reynal su amor cifrado estaba,

y el cobrar a Reynal era su anhelo.

Él era la esperanza del estado;

nadie más que él reinaba en nuestros pechos.

REYNAL.	¿Y cómo si en edad tan tierna el triste

dejó estos muros y el hogar paterno

os acordabais de él?... ¿Y qué esperanzas

de él pudo concebir, decid, el pueblo?

ARNALDO.	¡Ay señor! De su padre malhadado

latía la sangre en su inocente pecho.

Y el hijo de aquel padre no podía

sino ser héroe, justo, amable y bueno.

¡Oh mundo miserable!... El virtuoso,

¡el que puede a los hombres dar consuelo!,

desaparece de tu faz, y en tanto,

el malo triunfa, y bárbaro y soberbio,

oprime entronizado a los mortales

y dilata sus años largo tiempo,

colmado de ventura y de delitos...

¡Gran Dios! Humilde, adoro los decretos

de tu alta inescrutable providencia.

Si al opresor toleras y al protervo,

el brazo de tu ira les prepara

un castigo sin fin, sin fin tormentos.

Mas ¿dó me arrastra mi aflicción?... ¿Adónde

mi afanoso penar? ¡Oh, caballero,

perdonad estas lágrimas copiosas

a la lealtad de un angustiado viejo!

De amargura cubiertas estas canas,

de amargura se ven desde el momento,

desde la hora fatal, que entre mis brazos

murió el heroico y malhadado Alberto.

¡Sí, en mis brazos murió!... Los asesinos...

REYNAL.   Basta, basta, no más. ¡Fatal recuerdo!

¡Padre, adorado padre! Aún hay leales...

Aún quien venere tu memoria encuentro.

Aún respira tu hijo... Sí: ¡venganza!

¿Venganza quieres?... La tendrás.

ARNALDO.   ¡Oh cielos!

¿Qué dice vuestro labio? Un sudor frío

inunda en torno mis cansados miembros.

Un pálido temblor... ¿Quién sois? ¿Por dicha...?

REYNAL.   Arnaldo, Arnaldo fiel, llega a mi seno.

No más fingir: yo soy Reynal.

ARNALDO. ¿Qué escucho?

REYNAL. Mira esta cicatriz, que tu desvelo

me curó de la flecha silbadora

que en Jope recibí. Mira en mi seno

la cruz pendiente que me dio mi padre

al salir al combate, y que consuelo

fuer allá en mi esclavitud. ¿Me reconoces?

ARNALDO. Dad que ciñan mis brazos vuestro cuello.

¿No os he de conocer? Vos sois, no hay duda.

Bese yo vuestros pies y muera luego.

¡Señor!... ¡Señor!... ¡Oh día el más felice

de cuantos respiré...! Sépalo el pueblo;

sepa que su Reynal, libre y gallardo,

en Aquitania está... Ya no te temo,

¡oh muerte!, llévame, que ya descanso,

pues cobré a mi señor, será tu sueño.

Yo corro a publicar...

REYNAL. Arnaldo amigo,

¿adónde tu lealtad te arrastra? ¡Oh cielos!

¿Sabes acaso, anciano venerable,

el peligro inminente en que me encuentro?

Todo lo ignoras, ¡ay de ti! Mi labio

te hará patente tan fatal secreto,

y temblarás.

ARNALDO.   Señor…

REYNAL.   Si me conoces

por sucesor del desdichado Alberto,

por tu duque y señor…

ARNALDO.   A vuestras plantas

pleito homenaje…

REYNAL.   Arnaldo, satisfecho

estoy de tu lealtad. Jura en mis manos

sepultar en hondísimo silencio

que yo estoy vivo y libre, hasta que llegue

la ocasión anhelada…

ARNALDO.   El alto Cielo

en la mansión del báratro profundo

me hunda si tu mandato no obedezco.

Soy fiel, soy sigiloso…

REYNAL.   De tus prendas

tendrás, Arnaldo, el merecido premio.

Mas dime: ¿viven Boemundo y Mouti?

ARNALDO.   Cuando volví a la Francia con los restos

de los nobles valientes aquitanos

que a Palestina con tu padre fueron,

estos estados míseros ardían

de la discordia en el horrible fuego

y al furor de los bandos y facciones,

Boemundo y Mouti víctimas cayeron

de su noble lealtad, también Ricardo

y el denodado Enrico y otros ciento.

Que todo fuer matanza, horror y sangre,

hasta que al fin Eudón consiguió el cetro.

REYNAL. ¡Oh Dios!… ¿Y Linel?…

ARNALDO. Vive retirado

en el antiguo y santo monasterio

contiguo a este palacio. Allí, sumido

en el descanso y paz, goza sereno

el aura dulce de la santa vida.

REYNAL. Y dime, amigo Arnaldo… Mas ¿qué veo?

¿Quién llega a este lugar?…

ARNALDO. Es vuestra hermana

REYNAL. Aléjate de aquí. Luego podremos

con mayor detención…

ARNALDO. Señor, acaso…

REYNAL, Auséntate, ¡oh mi amigo!

ARNALDO. Os obedezco.

ESCENA II

REYNAL, solo

REYNAL. ¿Aun más fingir?… ¡Oh Dios!… ¡Mi dulce hermana!

¿Y no la he de estrechar contra mi pecho?…

Es harto joven… De sus tiernos años…

No es prudencia arriesgar tanto secreto.

Ya llega. Sí; disimular me cumple.

ESCENA III

REYNAL y *ELISA*

ELISA.   ¿Sois vos?... Señor... ¿Sois vos?...

REYNAL.   ¿Quién?... ¡Dios eterno!

Yo soy... Mas ¿preguntáis...? ¡Ah!... ¿Por ventura...?

ELISA.   Qué, señor, ¿no sois vos, el caballero

que a este palacio trajo la noticia,

desde Chipre, del fin triste y funesto

del infeliz Reynal?...

REYNAL.   Yo... Sí, señora.

ELISA.   ¿Conque no hay que dudarlo?... ¡Santo Cielo!

Ya todo lo perdí..., todo... ¡Infelice!

Sólo me resta llanto y luto eterno.

REYNAL.   ¿Llanto y luto, señora...? ¿Llanto y luto,

cuando van los placeres de himeneo

a coronar tu plácida existencia,

dando a tus manos de Aquitania el cetro?

ELISA.   ¿Qué pronunciáis, señor?... Antes la muerte.

¿Placeres para mí? Ya concluyeron.

La esperanza de verme entre los brazos

de mi hermano, ¡oh dolor!, lo fuer algún tiempo.

Mas ya, ¡desventurada!, suerte adversa.

¿En dónde mi aflicción tendrá consuelo?...

Vuelva por siempre el claustro retirado

a ocultar mi afanoso abatimiento.

REYNAL.	¿Y así el cariño desecháis, esquiva,

de Eudón?... Decid... ¿Y así...?

ELISA.	Yo le respeto,

mas nunca le amaré, ni a sus propuestas

puede acceder jamás mi triste pecho.

REYNAL.	¿Conque jamás concederéis la mano...?

ELISA.	Jamás, jamás. Lo juro; el alto Cielo

conoce la verdad de mis palabras.

REYNAL.	Y yo también.

ELISA.	¡Señor!... Pero ¿qué advierto...?

¿Os demudáis?...

REYNAL.	¡Elisa!...

ELISA.	¿Qué?...

REYNAL.	¡Ay Elisa!

¿Dó el cariño me arrastra?

(Aparte.)

El lazo estrecho

de la dulce amistad me unió a tu hermano.

Y...

ELISA.	¿Erais su amigo vos?... ¿Dónde?...

REYNAL.	Secreto

prometedme, señora. En Aquitania

ocultar mi amistad con Reynal debo,

y la causa sabréis y tales nuevas,

que harto os importarán.

ELISA.   Mas ¿qué misterio,

que no me es dado penetrar…? ¡Oh amigo

de mi hermano infeliz! Decidme, os ruego…

REYNAL.   ¡Tierna Elisa!… Reynal… ¡Oh Dios! ¿Quién llega?

ELISA.   ¡Ay!… Linser, el amigo y consejero

del duque Eudón.

REYNAL.   Disimulad, Elisa.

Ved que si no por siempre nos perdemos.

ESCENA IV

REYNAL, ELISA y *LINSER*

LINSER.   Señora, ¿en este sitio…?

REYNAL.   De mi labio

quiso escuchar el trágico suceso

de su hermano infeliz…

ELISA.   Sí; ¡dura suerte!,

Linser, ya no me resta ni el consuelo

de poderlo dudar… ¡Desventurada!

A la nueva cruel cumplido asenso

negué, porque en mi mente no cabía

este golpe fatal… Mas, ¡ay!, es cierto

y no lo dudo ya... Murió mi hermano.

Le perdí para siempre... ¡Dios eterno!

LINSER.   Y ¿qué lográis con vuestro inútil llanto?...

Templadlo un poco, hermosa Elisa, os ruego,

y escuchadme tranquila. A vuestra estancia

os fuí a buscar; al ver que no os encuentro

corro todo palacio, y mi ventura

me os depara, por fin. ¡Oh caballero!

Si os place, retiraos.

REYNAL.   *(Aparte, menos el último verso.)*

¿Aún éste oprobio?

¿Aún hay más tolerar?... Bien, ya me ausento.

ESCENA V

ELISA y *LINSER*

ELISA.   ¿Qué pretendéis, Linser, de esta infelice,

que con tal aparato y tal secreto

la venís a buscar?

LINSER.   La negra suerte

que os persigue sin fin piadoso veo,

y hacer en cuanto alcance vuestra dicha

es, Elisa divina, lo que anhelo.

ELISA.   ¿Vos mi dicha, Linser?...

LINSER.   Señora, oídme.

(Reconoce las avenidas.)

Esperad. Sin temor hablaros puedo.

¿Enlazaros pensáis a vuestro tío?

ELISA.	Sólo al claustro tornar es lo que pienso.

LINSER.	¿Al claustro?

ELISA.	Sí, Linser.

LINSER.	Qué, bella Elisa:

¿el ancho campo que tenéis abierto

de gloria y de poder...?

ELISA.	¡Dios!... ¿Qué pronuncia

vuestro labio?... De llanto y luto eterno

es el campo que sólo me presentan

mi estrella infausta y mi destino adverso.

LINSER.	¡Inocente!... Educada en el retiro

de la pura virtud, del mundo lejos,

ignoráis que heredera de Aquitania

sois solamente vos... El brillo excelso,

el poder que circunda a vuestro tío,

todo, divina Elisa, todo es vuestro...

¿Y lo habéis de perder?...

ELISA.	Y ¿cómo puede

una débil mujer regir el cetro?

Bien en manos de Eudón está. Gustosa

a su presencia y su valor lo cedo.

Y vuelva yo a llorar mis infortunios...

LINSER.	¿Qué es ceder?... ¿Qué es ceder?

ELISA.	En este pecho

no mora la ambición.

LINSER.	¡Y ambición fuera!...

ELISA.	Eudón gobierne, pues.

LINSER.	¿Juzgáis que el pueblo

admitirá vuestra cesión…?

ELISA.	¿Y acaso

qué ventajas lograra si el gobierno

viera en poder de una infelice joven,

perseguida sin fin del hado acerbo,

hija infelice de infelice padre?

¿O qué ventajas esperar yo puedo,

sino tal vez mayores infortunios,

cargos y funestísimos recuerdos?

¡Ay! No, jamás, jamás; anhele el solio

otra más venturosa.

LINSER.	El alto Cielo

a vos os designó para ocuparlo,

y contrariar no es dado sus decretos.

Si vuestros tiernos años juveniles

de experiencia carecen y de esfuerzo,

aún hay en Aquitania, ¡oh bella Elisa!,

prudentes y esforzados caballeros

que os servirán leales con sus armas

y con su autoridad y sus consejos.

En ellos elegir debéis esposo,

que afirme vuestra herencia... Y algún pecho,

que arde por vos en insaciable llama

pronto está, hermosa Elisa...

ELISA. 　　¡Ah! No pretendo

más que volver al plácido retiro...

LINSER. 　No; no debéis volver. El trono excelso

os llama en alta voz. Harto conozco

que hay que vencer estorbos, hollar riesgos

para llegar a él... Pero ¿qué importa?

Nada... Aquí me tenéis... Estoy resuelto

a hacer todo por vos... Vuestra inocencia,

vuestro candor, los infortunios mesmos

que os acosan, ¡oh Elisa!, desde el punto

que abristeis a la luz los ojos bellos,

me interesan por vos. Y por serviros

diera mi sangre y vida... ¡Ah!... ¡Si por premio

lograra yo...! Mas..., ¡ay!, divina Elisa,

que perdonéis mi agitación espero...

Educada en el claustro silencioso,

ignoráis la vehemencia, los efectos

de una ardiente pasión... ¡Cielos!... ¿Qué digo?

Este brazo, señora, y este acero

en vuestro auxilio son. Amor los rige

inflamando a la par aqueste pecho:

no seáis ingrata. ¡Oh Dios!, subid, subid al punto

al trono augusto, al venerando imperio.

ELISA. No os entiendo, Linser… ¡Ay!, si ocuparlo

quisiera yo, decid: ¿no era más cierto

ceder a las instancias de mi tío?…

LINSER. ¿Qué decís?… ¡Inocente!… ¡Dios eterno!…

¿Uniros con Eudón?… ¿Con vuestro tío?…

Si consintierais tal…, ¡sagrado Cielo!,

llegara día de terror, de espanto

en que, rasgado un tenebroso velo,

que no os es dado penetrar, la muerte,

la muerte demandareis por remedio

de involuntario error… Todos los males

del orbe, los más hórridos tormentos,

las penas que os circundan y os agobian

y los mismos suplicios del infierno,

nada fueran, ¡oh Elisa!, comparados

a los que desgarraran vuestro pecho.

Temblad, temblad…

ELISA. *(Muy turbada.)*

¿Qué pronunciáis?… No alcanzo…

De terror me llenáis… ¡Ah!… Me estremezco…

¿Qué agitación os turba?… Me retiro…

Estáis fuera de vos…

LINSER. *(Con extrema agitación.)*

Sí; sorprenderos

puede tal vez Eudón en este sitio.

Guardad en profundísimo secreto

cuanto habéis escuchado de mi labio,

y sabed que en amor arde mi pecho,

y sabed que yo solo libertaros,

yo solo, y nadie más, ¡oh Elisa!, puedo

del horrible y oculto precipicio

que ante vos, infeliz, se encuentra abierto.

ACTO III

ESCENA I

REYNAL y *ARNALDO*

ARNALDO. Obediente, señor, a tus preceptos,

aún pavoroso y yerto del espanto

que me ha inspirado la horrorosa historia

que atónito escuchara de tu labio,

torno a las plantas, que leal venero,

a recibir tus órdenes, ansiando

ver la sangre inocente de tu padre

vengada cual merece, y al tirano,

trémulo ante tus pies, de los horrores

de su terrible crimen abrumado,

rendir el detestable impío cuello

al justo impulso de tu regio brazo.

REYNAL.   Lo verás, lo verás. Del alto Cielo

ya se desploma resonante el rayo

tremendo y vengador sobre su frente,

que, aunque a veces tolera a los malvados

para azote del mundo, al fin los hunde

y llega inexorable a castigarlos.

ARNALDO. Pero, ¡oh señor!, prudencia. La prudencia

debe alumbrar tus escondidos pasos.

Y ya que la fortuna tus cadenas

rompió propicia, y con piadosa mano

te arrancó de los muros de Solima,

te ocultó del infame Rotolando,

te trajo disfrazado hasta Aquitania,

hasta tu alcázar mismo, hasta mis brazos,

la benigna influencia de los cielos

no malogremos pues. Es necesario

esperar la ocasión. Y la cautela,

y el sigilo, y la astucia, y el recato

coronarán tus justas intenciones.

REYNAL.   Y qué, ¿aún más esperar?... El Cielo santo

dé tolerancia a mi indignado pecho

para tanto sufrir. Avergonzado

estoy ya de ocultar mi egregio nombre

delante del traidor... ¡Ah!... No es de honrados

que la justicia en su demanda tienen,

apelar a la fraude y al engaño.

Del bueno es la verdad, y la mentira,

el arma del inicuo... ¡Oh fiel Arnaldo!

Cada vez que a mis ojos se presenta

el vil Eudón, el asesino!... ¡Cuánto,

cuánto me tengo que vencer!... Mil muertes

mejor quisiera... ¡Oh Dios!... ¿Con un tirano

mentir yo y degradarme?... ¡Negra afrenta!

ARNALDO. Es forzoso, señor. Con los malvados

que la virtud y que el honor desprecian

no es delito fingir... Decidme: ¿acaso,

qué esperabais lograr...?

REYNAL.　No envilecerme.

ARNALDO. Y sin fruto morir..., ¡joven incauto!

La numerosa y formidable guardia

custodia en derredor este palacio;

nunca el usurpador se encuentra solo;

le guardan dondequier sus partidarios.

Y, cual notaste, siempre receloso,

cuando se deja ver, es rodeado

de sus viles satélites; que el miedo

siempre fuer patrimonio de tiranos.

Fuera en vano intentar el sorprenderle...

¿Qué alcanzarás, ¡ay triste!, si obcecado

de tu justicia y vengador enojo,

rienda a tu juvenil esfuerza dando,

descubrieras tu nombre el duro acero

esgrimiendo sin fruto?... Hecho pedazos

fueras, ¡ay!, al momento... Y qué, ¿tu vida

es sólo tuya?... No; que es del Estado,

de tu hermana infeliz y de la sombra

del grande Alberto. El Cielo aquí te trajo,

no sin fruto a morir, ¡oh amado joven!

A librar a tu pueblo y ser amparo

de una inocente y a vengar a un padre.

REYNAL.　¡Amigo!... ¡Qué! Si objetos tan sagrados

no ocuparan mi mente toda entera,

¿piensas que tolerar tiempo tan largo

pudiera yo?... ¡Jamás!

ARNALDO. Aún hay valientes,

y volarán ansiosos a ayudaros;

el pueblo que, oprimido y taciturno,

sus hierros baña en impotente llanto,

cuando de Eudón comprenda los delitos,

la horrible usurpación, los atentados;

cuando advierta que dobla la rodilla

a un asesino, a un monstruo; horrorizado

el dócil lloro en varonil denuedo

para vengar tu trono, y sus agravios

tornará; y al mirarte a su cabeza,

las brilladoras armas empuñando,

no habrá más tolerar, y en rabia ardiendo

te seguirá do quier.

REYNAL. Amigo Arnaldo,

tus prudentes consejos, la experiencia

del venerable curso de tus años

templan mi arrojo juvenil... Sí, amigo,

asegurar el golpe es necesario,

pues el bien de mi pueblo y mi venganza

depende de él... Mas dime: ¿has avisado

a mi hermana infeliz que, en el momento

que cual suele saliera de palacio

Eudón, viniera a este lugar, y sola?

ARNALDO. Ya está advertida. Mas decid: ¿acaso

intentáis descubrir...?

REYNAL. Es ya forzoso;

temo que el vil Eudón logre su mano

a favor de la bárbara violencia

de su inocente juventud triunfando.

¿No ves con qué premura se prepara

para hoy mismo la pompa y aparato?

Él no cede jamás de sus intentos...

¿Y ella sola pudiera contrariarlos?...

Sepa quién soy, quién es, quién el vil monstruo

que pretende feroz tan torpe lazo,

y dando brío a su sencillo pecho

el encontrar en mí su único amparo,

osará resistir hasta que llegue

el momento que ansiosos esperamos,

y que pronto será. Sí; en cuanto tienda

la ansiada noche el tenebroso manto

ambos iremos con silencio oculto

a buscar a Linel dentro del santo

albergue donde vive. Él de mi padre,

de mi padre infeliz, ¡recuerdo amargo!,

fuer tierno amigo, y la amistad no muere

en pechos do hay virtud. Entre sus brazos

recibirá de Alberto al triste hijo,

que oirá sumiso sus consejos sabios.

Y el de Aquitania a nobles, y caudillos,

y al pueblo, y caballeros, y prelados

convocará en el templo, y todos, todos...

ARNALDO. Ved que Elisa, ¡oh Reynal!, dirige el paso

hacia este sitio.

REYNAL. ¿Elisa?... Yo no puedo

con ella fingir más... Venga a mis brazos.

ARNALDO. Es tan joven, señor...

REYNAL. Pero es mi sangre.

ESCENA II

REYNAL, ARNALDO y *ELISA*

ELISA.	Anhelosa, señor, vuelvo a buscaros

a vos, a quien unió la amistad tierna

al infeliz Reynal. ¡Ay!, vuestro labio

de confusión y de terribles dudas

llenó mi pecho. ¡Oh Dios!

REYNAL.	De ella sacaros

es justo, Elisa... ¡Cielos!

ELISA.	¿Qué os detiene?...

REYNAL.	Mi ansioso corazón lo está anhelando.

Mas ¿qué esperáis oír?... ¡Ay triste!... Horrores,

y delitos sin fin, que no escucharon

jamás vuestros oídos inocentes.

Temblad...

ARNALDO.	Más os valiera el ignorarlos.

ELISA.	¿Qué?... Decid... ¿Los impíos sarracenos

entre martirios a mi triste hermano

le robaron el ser?... Las crueldades,

los horribles tormentos de que usaron

con Reynal infeliz sean patentes

a su hermana... ¡Oh dolor!...

REYNAL.	Templad el llanto.

Otras atrocidades más terribles

son las que escucharéis. De vuestro hermano

no lamentéis la muerte.

ELISA.   ¡Ay desdichada!

En él perdí mi dicha y todo cuanto

me restaba en el mundo… ¡Ah!… ¿Qué me resta

sino luto y dolor?… ¿Qué?…

ARNALDO. Sosegaos,

que tal vez la divina Providencia

pronto le ha de volver a vuestros brazos.

ELISA.   Cuando al reposo eterno de la tumba

me arrastren mi penar y mis quebrantos.

REYNAL.   No, tierna Elisa, no…

ELISA.   Pues qué, ¿los cielos,

compadecidos de mi lloro amargo,

del mudo seno del sepulcro frío,

le tornarán de nuevo a mis halagos?…

No abusad, ¡ay!, de mi dolor…

REYNAL.   ¡Elisa!

Consuélate, ¡inocente! Oye: tu hermano

vive…

ELISA.   ¿Vive Reynal?… ¡Oh Dios eterno!

¿Por qué queréis de mi aflicción burlaros?

REYNAL.   Vive.

ARNALDO. No lo dudéis; vive, señora.

ELISA.   ¿Qué decís?… ¿Cómo?… Venerable Arnaldo…,

y vos, ¡oh caballero!, ¿no habéis sido

el que la nueva de su muerte trajo?

¿Por qué contradecís?... ¿A esta infelice...?

REYNAL.   ¡Ay Elisa!...

ARNALDO. Señora...

REYNAL.   Sí; tu hermano

vive, y el yugo atroz del sarraceno

logró romper; y el poderoso brazo

del dios de las venganzas le ha traído

por ministro de cólera y estrago

al señor de Aquitania, y animoso

será tu vengador, será tu amparo,

y aquí le tienes, dulce hermana mía.

Mírame: Reynal soy; llega a mis brazos.

ELISA.   ¿Es sueño?... ¿Tú, Reynal?

ARNALDO. Él es, señora.

ELISA.   ¿Él es? ¿Él es? ¡Oh cielos!... ¡Ay hermano!,

¡hermano de mi alma!...¡Oh gozo!

ARNALDO. ¡Oh día,

de horror a un tiempo y de placer!... ¡Oh cuadro

el más grato a mis ojos!...

ELISA.   Reynal mío

¿por qué, di, tan cruel, tan inhumano

este dulce momento a mi ternura

y a mi fraterno amor has retardado?

REYNAL.	Llega otra vez a mi agitado seno,

	¡ay adorada Elisa!... El Cielo santo

	sabe lo que ha costado al pecho mío

	fingir contigo, ¡oh Dios! Pero mi labio

	ora el secreto horrible, que aún ignoras,

	te hará patente, y temblarás.

ARNALDO. ¡Acaso

	puede volver Eudón, señor!

REYNAL.	Tú, alerta,

	observa cuidadoso, y en notando...

ARNALDO. Descansa en mi lealtad.

ESCENA III

REYNAL y *ELISA*

ELISA.	¡Crueles dudas!

	¿Cómo, amado Reynal, cómo has logrado

	romper el yugo y bárbaras cadenas?...

	¿Por qué, di, entre los tuyos disfrazado?

	¿Por qué tanta cautela?... ¿Tanto sustento?...

	¿Tamaña turbación? ¡Ay!... Yo no alcanzo...

REYNAL.	Escúchame, infeliz: oye la historia,

	la historia horrible y el destino infausto

	de tu triste familia malhadada.

	Voy a rasgar el velo ensangrentado

	que en torno te circunda... Oye delitos,

reconoce el furor del pecho humano.

ELISA.   Acaba…

REYNAL.   Eudón, Eudón, ese perverso…

¿Ves este acero?… Pues el Cielo santo

le dio para instrumento de venganza

a esta diestra, que abrir está anhelando

con él su aleve pecho, y a esto sólo,

y a nada, a nada más, a su palacio

vuelve Reynal.

ELISA.   ¡Reynal! ¡Cielos! ¿Qué dices?

REYNAL.   Él me vendió a los persas por esclavo,

él aumentó mis hórridas prisiones,

él, el pérfido fuer que, emponzoñado

de ambición y de envidia el pecho infame,

armó alevoso la traidora mano,

que a tu padre infeliz, al grande Alberto,

hundió inclemente en el sepulcro helado.

ELISA.   ¡Qué horror!… ¡Tantos delitos!… ¿Es posible

que cabe tal furor en pecho humano?

¿Qué más hicieran los feroces tigres?…

¿Y a ese monstruo cruel los dulces lazos

del himeneo…? ¡Ay triste!… El pecho mío

de un oculto terror, aun de mirarlo

sobrecogido estaba… Era la sangre

de mi padre infeliz… ¡Oh dulce hermano

¡Oh secreto fatal!

REYNAL.   ¿Tiemblas?... Escucha:

no vil temblor, esfuerzo es necesario.

Ya llega el día, el día de venganza.

ELISA.   ¿Y su poder?

REYNAL.   ¿Qué importa?... Los tiranos

nunca tiene poder que los liberte,

cuando hay virtud y un decidido brazo.

ELISA.   Pero dime, Reynal: ¿cómo supiste

en cautiverio tan penoso y largo...?

REYNAL.   Nunca duran ocultos los delitos,

que es fuerza tengan su debido pago.

El traidor Clariñac, que era un perverso,

del vil Eudón ministro sanguinario,

que me entregó a las bárbaras cadenas,

que fraguó el horroroso asesinato,

cautivo fuer por fin, que nunca el Cielo

deja sin su castigo a los malvados.

En las hondas mazmorras de Solima

cabe mi los infieles le aherrojaron,

y allí arrastró la mísera existencia

en silencio tenaz algunos años.

Hasta que el filo agudo de la muerte

dio justo fin a su maldad, y estando

en las postreras ansias, oprimido

de sus negros delitos y arrojando

horrísonas y bárbaras blasfemias,

me descubrió el horrible asesinato

y rindió el alma vil... Desde aquel punto

mi pecho en ira ardió, y horrorizado,

juré justa venganza... Sí; venganza.

Y en el silencio de la noche, acaso

más, de una vez, el sanguinoso espectro

de mi padre infeliz se ha presentado

a mi agitada y angustiosa mente,

lívido y yerto, la venganza ansiando.

Y vengado serás, ¡oh padre mío!,

y vengado serás, que ya a mis brazos

no oprimen los pesados eslabones,

ya los pude romper, y en tu palacio

estoy, en tu palacio, que profana

tu aleve matador... ¿Y ya qué aguardo?

¿Aún vive?... ¿Y libre estoy?...

ELISA.   ¿Dónde te arrastra

tu dolor?... ¡Infeliz!... Detén el paso.

¿Dónde vas?... ¿Dónde vas?...

REYNAL.   A la venganza.

ELISA.   ¡A morir!... ¿Tu peligro, triste hermano,

no ves?... ¡Ay!... ¿Y me dejas?...

REYNAL.   Sólo veo

el cadáver sangriento y destrozado

de mi padre infeliz, que sangre anhela,

ya mi tardanza tímida culpando.

ELISA.	¿Dónde tu justa cólera te lleva?

¿No ves que estás en los fraternos brazos?…

¿No ves que eres mi escudo?

REYNAL.	¡Oh Dios!… ¡Elisa!…

¿Eres tú…? Sí…; mi hermana… El ser tu amparo

puede tan sólo contener mi arrojo.

Por ti guardo mi vida… Es necesario

el golpe asegurar… Elisa mía,

jura beber la sangre del tirano

y estrechada a mi seno en ira horrenda

inflama el corazón…

ELISA	¡Reynal amado!…

Pero ¿qué miro?… ¡Oh Dios!… Linser se acerca.

Huye, y no para siempre nos perdamos.

¡Huye!

REYNAL.	¿Linser o Eudón?…

ELISA.	Huye al momento,

medita el golpe…

REYNAL.	Huir…

ELISA.	Si no, frustrados

tus intentos serán.

REYNAL.	Pronto en su sangre

veré empapadas con placer mis manos.

ESCENA IV

ELISA* y *LINSER

LINSER. *(Al entrar se detiene en el fondo del teatro hasta concluir los cuatro primeros versos.)*

¿Otra vez con Clonard?... ¿Y demudada

sorpresa, turbación, ternura, espanto

manifiesta a la par?... ¡Clonard!... ¡Oh cielos!...

¿No estaba, ¡ay de mí!, triste entre sus brazos?

Pero ¿qué me detengo? Elisa hermosa,

anheloso otra vez vengo a buscaros,

del vivo fuego que mi pecho abrasa

agitado sin fin... Ya sofocarlo

por más tiempo no puedo. Eudón muy pronto

debe a éste alcázar retornar, y en tanto,

quisiera yo...

ELISA. ¡Linser!

LINSER. ¿Qué manifiesta

vuestro semblante?... ¡Elisa!...

ELISA.   ¡Cielos santos!

ESCENA V

LINSER, solo

LINSER.   ¿Huye de mí?... ¿Qué es esto?... ¡Elisa, Elisa!

Ese joven..., no hay duda, al oír mis pasos

veloz huyó... ¿Y Elisa le abrazaba?

Sí; le abrazaba... ¡Dios eterno! ¿Acaso

algún oculto amante...? ¿Y qué lo dudo?

¿Y mis designios quedarán frustrados?

¿La tierna Elisa...? Sí... Yo no, ¡pues nadie!

¡Amor!... ¡Celos crueles! Se burlaron

mi pasión, mis intentos... Pues al punto

Eudón lo sepa. Al punto, partidario

suyo seré otra vez. Él sólo puede,

sin advertir mi amor feroz, vengarlo.

ACTO IV

ESCENA I

EUDÓN.   La violencia; Linser; no hay más partido.

Ni el haber escuchado la noticia

ya cierta de la muerte de su hermano,

ni mi anheloso afán, ni mis caricias,

ni de mis reflexiones y consejos

el grave peso y persuasión continua

la convencen. Y es fuerza que esta noche

jure ante los altares el ser mía.

Ya no hay más dilación. La luz primera

mi esposa la ha de ver, y a la hora misma

que de Reynal la muerte se publique,

publíquese mi enlace.

LINSER.   Pero ¿a Elisa

le has propuesto otra vez...?

EUDÓN.   Esta mañana

le hablé, cual sabes, a tu propia vista,

y notaste también su repugnancia.

Pero no la extrañé; como nacida

de su costumbre al claustro y al retiro,

y esperaba que al cabo lograrían

mis palabras, mi amor y la dulzura

a mi pasión y voluntad rendirla.

Después, dos veces, la busqué, y en ambas

la he encontrado, Linser, tan decidida

y tan diversamente repugnante,

que no sé qué pensar. Cuando creía

que al ver perdido a su infeliz hermano

se decidiera a mis instancias finas,

la encuentro más tenaz. Después que supo

este suceso, que mi cetro afirma,

y que se desahogó su sentimiento,

torné a instarle amoroso. Pero Elisa,

al escuchar de nuevo mis razones,

la grandeza y poder que lograría

con mi mano y el trono, y de este fuego

que arde en mi corazón la llama viva,

en mí clavó los ojos, y agitada

de temor y sorpresa, las mejillas

pálidas inundó de lloro amargo,

sin contestar a las razones mías.

Ahora volví a encontrarla, y cuando apenas

el labio abrí, diciéndole: «¡Oh mi Elisa!,

no tan cruel a la pasión violenta

que arde en mi corazón, dura resistas.»

Feroz clavó sus ojos en los míos;

se estremeció después, turbó la vista,

y luego, no, Linser, ya con dulzura,

con aquella dulzura y voz sumisa

con que hablaba otra vez, sino animosa,

y casi con osada altanería:

«Señor -me dijo-, basta. Esas palabras,

esa expresión de amor, esas caricias

dejad: impropias son en vuestro labio,

e insultan mi dolor y mis desdichas,

mientras más pienso en mi infeliz estado,

más el mundo y los hombres me horrorizan.»

LINSER. ¿Así dijo, señor...? Que tan mudada...

EUDÓN. Sí, tan mudada está. Ya no es Elisa

aquella joven, inocente y tierna,

que, agradeciendo, humilde, mis caricias,

con respeto amoroso me miraba.

Aquella amable joven que, expresiva,

me rogaba tornarla a su retiro,

orlada en candidez su frente linda.

Ya no... Dura altivez en su semblante

y fiero orgullo en sus miradas brilla.

¡Tal es mi suerte, amigo, que mis gustos

jamás completos son...! Sí, mi sobrina,

indomable, desprecia el amor mío.

Ya perdí la esperanza de rendirla...

¡Oh destino cruel!... Con su esquiveza,

con su altivo desdén, más me cautiva.

Mi pecho es un volcán que me consume.

Sí, Linser; la ambición, aquella activa

pasión que de mi pecho era el tirano,

y que a tanto delito me inducía,

ya cede su lugar al amor solo

en este corazón. Di: ¿lo creerías?...

Lo digo a mi pesar...

LINSER.   ¡Señor!... Me pasma.

EUDÓN.   Y el confesarlo a mí me ruboriza.

Lástima ten de mi infeliz estado...

Mi absoluto poder, que hoy se autoriza

con el fin de Reynal; el alto solio,

que tanto un tiempo ansié, y hasta la vida,

gozoso, diera por su amor, gozoso,

por ver más grata a la indomable Elisa.

Mas ¿dó este frenesí me arrastra?... Aun puedo

abrigar la esperanza... Di: ¿imaginas

que aún podrán mis halagos...?

LINSER.   Yo...

EUDÓN.   ¿Qué juzgas?

¿En su pecho tal vez...?

LINSER.   Reinar podría

alguna otra afición.

EUDÓN.   ¡Eh!... Tus palabras

son veneno, cruel... La tierna Elisa

no conoce el amor... ¿En el retiro

del claustro cómo quieres...?

EUDÓN.   ¿Quién se libra

de sus tiros, señor? No hay un asilo

do no penetren sus ardientes viras.

EUDÓN.   ¿Y qué, Linser?…

LINSER.   Señor, en este pecho

la lealtad hacia vos siempre se anida.

Y no os debo ocultar lo que mis ojos

han visto.

EUDÓN.   Acaba. ¿Qué?…

LINSER.   Vuestra sobrina

ama a Clonard.

EUDÓN.   Es bárbara impostura.

LINSER.   La he visto en sus brazos.

EUDÓN.   ¡Negra ira!

¿De Clonard? ¿De ese joven? ¿Dónde? ¿Cuándo?…

LINSER.   La conmoción que vuestro seno agita

calmad, señor, y oídme. Ha corto tiempo

que en busca vuestra a este lugar venía,

y de ese joven la encontré en los brazos,

prodigándole halagos y caricias.

Percibir quise en vano sus palabras,

pero que eran de amor bien se advertía.

La expresión del semblante, el vivo fuego

de sus ojos, la tez de sus mejillas,

empapadas tal vez de dulce lloro,

de amor pintaban la pasión más viva.

Escucharon mis pasos, y al momento

cobarde huyó Clonard, quedando Elisa

en muda turbación. Yo, aparentando

no haber notado nada, ante su vista

me presento. Pero ella, consternada,

trémula, sin aliento, sorprendida,

sin escucharme y exclamando al Cielo,

se retiró a su estancia.

EUDÓN.	¡Estrella impía!

¿Qué me has dicho, Linser?... Celos, sospechas,

pensamientos horribles me atosigan.

¿Y puede aparentar tanta inocencia

quien alberga en su pecho tal malicia?

Un amante..., ¡oh furor!..., ¡exceso horrible!

Pero ¿a Clonard, acaso, conocía?...

¿O cómo pudo, en el escaso tiempo

que en Aquitania está, tan repentina

pasión formar?

LINSER.	Señor, Clonard, sin duda,

ya ha tiempo que de acuerdo con Elisa

está. Y es falso que de Chipre viene,

ni a Rotolando vio, ni a la noticia

que trajo debes de dar crédito alguno.

EUDÓN.	¿Qué? ¿Vivirá Reynal?... Dime: ¿imaginas...?

LINSER.   Imagino, señor, que ese malvado

astuto la tal nueva fraguaría

para entrar sin peligro en tu palacio

a dar cima su intento. ¿No advertías

su turbación cuando contigo hablaba?...

EUDÓN.   Sí, y aún más advertí... ¡Suerte enemiga!...

Cierto furor brillaba en su semblante;

en su ademán, arrojo y osadía.

En sus palabras... ¡Ah!...

LINSER.   La dulce calma

vuelva a tu corazón. De tu sobrina

detesta, y que del claustro silencioso

torne a la reclusión triste y sombría.

Y que ese joven al momento vea

el premio merecido a su perfidia.

EUDÓN.   Linser, nuevas sospechas me devoran.

¿Ese joven...? ¡Qué horror!... ¡Ah!... Le abomina

mi corazón... ¿Será, tal vez...? Amigo,

mucho importa saber quién es, sus miras

cuáles son... Sí; le temo.

LINSER.   Es un malvado

que supo seducir a tu sobrina;

no es nada más, no temas.

EUDÓN.   Anda al punto.

Venga a mis plantas la traidora Elisa.

EUDÓN, solo

EUDÓN. ¡Oh confusión!... ¡Oh rabia!... ¿Rotolando
descuidarse tal vez...? No... Fiel, vigila
por mi seguridad... ¿Y por ventura
de Reynal partidario, acaso espía
este joven será?... ¡Duras sospechas!...
¡Con qué aspereza habló!... ¡Cuánta osadía
manifiesta su faz!... Más no es posible
un seductor infame, que de Elisa
pervierte el corazón... ¿Y esta infelice
mi amor desecha y otro amor abriga?...
¿Dó mi pasión me arrastra?... Mas ya viene
para aclarar mejor la trama inicua.
Sagacidad y astucia es necesario.

ESCENA III

EUDÓN, ELISA y *LINSER*

EUDÓN. Llega, llega sin susto; ven, mi Elisa.
¿Goza la calma tu inocente pecho?...
¿Estás más sosegada, más tranquila?...
Sí, tu faz apacible lo demuestra.
¿Se ha convencido ya tu alma sencilla
de que rehusar no debes mi cariño?...
Pero... ¿callas?... ¿Y tiemblas?... ¿Y suspiras?...

¿Qué manifiestas, di?...

ELISA. ¿Por qué pretendes

aumentar mi dolor?... ¿Por qué tu vista

saciar en mi aflicción y amarga pena?

Yo, blanco de pesares y desdichas,

a la par que conozco más el mundo,

mi alma con más vehemencia lo abomina.

¡Oh claustro silencioso..., dulce albergue

de inocencia y virtud!

EUDÓN. Y bien, Elisa:

mi paternal ternura, mi cariño,

a hacer feliz tu suerte sólo aspiran.

No es extraño que lágrimas copiosas

inunden hoy tus pálidas mejillas.

Que eres hermana al fin. Pero ¿esta pena

eterna en ti ha de ser?... No; la alegría

renacerá en tu alma, pues disgusto

no hay que del tiempo a la impresión resista.

Ya lo conocerás. Por eso extraño

que una joven amable y tierna y linda

clame con tal afán por el retiro,

y en él anhele sepultar sus días.

Tu deudo soy, tu amigo el más sincero;

no quiera el Cielo que jamás te oprima;

mi conato es tu bien. Y así, te pido

que me hables francamente, amada Elisa;

conozco que repugnas mi terneza,

advierto que mi amor con tedio miras.

Pero ¿he de imaginar por tu esquiveza,

que no es capaz de amar tu alma sencilla?

El respeto tal vez que me profesas

en tu inocente pecho lugar quita

a otro afecto más dulce y delicioso.

Mi edad, ya sosegada y aun marchita,

se aleja de tus años juveniles

y a tu tierna beldad fuego no inspira.

Por tanto, no me ofenden tus repulsas.

Nadie manda en su pecho. Y no sería

nuevo que hacia otro objeto más dichoso

el tuyo se inclinase. Dime, Elisa:

¿jamás sentiste el delicioso fuego

del dulce amor?... ¿Jamás halló tu vista

algún objeto que inspirar pudiese

allá en tu corazón...?

ELISA.   ¡Señor!

EUDÓN.   Podía

inclinación oculta...

ELISA.   ¡Cuál me ofenden

tan injustas sospechas!

EUDÓN.   Ofendida

no puede ser por mí… jamás… Yo sólo

lo pretendo saber, ¡oh tierna Elisa!,

para vencerme, y desistir al punto

de mi importunidad, y accedería

a enlazarte, gozoso, en el instante

al dueño que tú elegirías.

Sí, a enlazarte con él; nunca dudando

que fuera tu elección juiciosa y digna.

Un joven de tu edad, un caballero

como acaso Clonard…

ELISA.   ¡Suerte enemiga!

EUDÓN.   Sí…, Clonard…; no te turbes…

ELISA.   ¡Dios eterno!…

     ¿Qué pronunciáis? ¿Dó estoy? ¡Estrella impía!

EUDÓN   Basta, pérfida, basta; te comprendo.

     ¿Notas, Linser…? Su rostro patentiza

     su funesta pasión.

ELISA.   ¡Señor!… ¡Oh cielos!

EUDÓN.   Sí; no hay duda, Linser. En la hora misma

     venga Clonard, y mire al vil objeto

     de su elevada maldad, de su perfidia.

     Tráelo al punto, Linser.

ESCENA IV

EUDÓN y *ELISA*

EUDÓN.   Joven traidora,

que dio a la seducción grata acogida,

tiembla por ti, y a un tiempo por tu amante.

¿Quién es...? Dime: ¿quién es...?

ELISA.   En vano aspiras

a saberlo de mí; pronto tú mismo

temblando lo sabrás.

EUDÓN.   Perversa Elisa,

tu crimen te envanece. ¡Desdichada!...

Allí viene... ¡Infeliz!... ¡Oh negra ira!

ESCENA V

EUDÓN, ELISA, REYNAL y *LINSER*

EUDÓN.   Mira, vil seductor; mira, ahí la tienes.

Miserable infeliz, al joven mira

objeto de tu amor... Ambos el premio

veréis de vuestra infame alevosía.

REYNAL.   Modera ese furor, monstruo inhumano.

Teme mi nombre y la venganza mía.

EUDÓN.   ¿Quién eres tú que, altivo, me amenazas?...

Di, infame seductor; dilo: ¿imaginas

que hablas con un tu igual?

REYNAL.   Si conocieras

al que insultas, tirano, temblarías.

EUDÓN.   ¿Qué?...

ELISA.   Calla, por piedad... ¡Ay!

EUDÓN.   ¡Cómo! ¡Aleve!

                ¿Al silencio le exhortas, fementida?

ELISA.   ¡Ay!...

REYNAL.   Vil usurpador...

EUDÓN.   Guardias, Rugero,

                Claremont..., venid todos.

REYNAL.   ¿Por qué gritas?...

                ¿Saber quieres quién soy? Soy quien tu sangre

                beber anhela ansioso... ¿Te horrorizas?...

                Ya no hay más tolerar..., no, que este acero

                (*Saca la espada y se arroja hacia* EUDÓN.)

                es un rayo que el Cielo te fulmina.

                ¡Muere!

ESCENA VI

EUDÓN, REYNAL, ELISA, LINSER. y *GUARDIAS*

EUDÓN.   *(En ademán de huir con gran pavor.)*

                ¡Linser!

REYNAL.   *(A los guardias, que en cuanto entran le rodean y detienen.)*

                ¡Traidores!

ELISA.   ¡Ay hermano!...

                Ved que es vuestro Reynal.

EUDÓN.   Guardias, mentira.

LINSER.   ¡Qué escucho!

ELISA.   Reynal es…

REYNAL.   Sí; el tirano

            que os oprime es Eudón.

EUDÓN.   Esa arma inicua

            no vea yo jamás, nobles soldados;

            ved que es un impostor… Hace un momento

            que en su labio escuchasteis la noticia

            del fin funesto de Reynal, y ahora…

            Ved su maldad patente…

ELISA.   ¡Suerte impía!

REYNAL.   Aquitanos…

EUDÓN.   ¡Eh! Basta; no escuchadle.

            A ese infeliz, que tan aleve intriga

            osó fraguar, y que la gloria y nombre

            de vuestro noble príncipe se aplica,

            húndelo tú, Rugero, en el instante

            de aqueste alcázar en las hondas minas.

ELISA.   ¿Así a vuestro señor…?

REYNAL.   Ceder es fuerza.

EUDÓN.   Claremont, arrebata a mi sobrina

            de los impuros brazos de su amante.

            Condúcela a su estancia y, fiel, vigila

            todos sus pasos… ¿Qué os detiene, amigos?…

            Cumplid sin más tardanza la orden mía.

            Arrastradlo de aquí, llevadle a donde

sobre él descargue el brazo mi justicia.

ELISA.   ¡Cruel!…

REYNAL.   ¡Que así profanen los tiranos

tan sacrosanto nombre!… ¡Tierna Elisa!…

No importa; sí, llevadme… El justo Cielo

que, benigno, a los buenos apadrina,

me arrancará de la prisión horrenda

para vengar tu crimen fratricida.

(Hace una demostración de horror Eudón, y la mitad de los guardias se llevan por un lado a Reynal, y la otra mitad a Elisa por otro diferente.)

ESCENA VII

EUDÓN y *LINSER*

EUDÓN.   ¿Qué es esto? ¿Dónde estoy? ¿Quién me ha vendido?

Traición, traición, Linser. ¡Aciago día!

Sí, Reynal es… Su arrojo, su denuedo,

el furor que en su frente y ojos brilla,

y la sed de venganza que le ahoga,

y el pánico terror que me horroriza

al recordar su tronador acento,

que es Reynal claramente patentiza…

Yo tiemblo…, ¡oh confusión!… Linser…, amigo,

¿qué insano frenesí mi pecho abriga?

Van a quedar patentes mis delitos,

voy a perder el cetro y fama y vida,

y me abrasa el amor…, Linser; me abrasa

en este momento…, en la hora misma

en que el Cielo mi frente amenazando

el rayo vengador airado vibra;

de mi pasión la llama vividora

me turba el alma, el corazón me agita…

¿Mas qué pronuncio?… ¡Oh vil traición! ¡Oh cielos!

¡Ella será tal vez!… Di: ¿será Elisa

la que en premio a mi amor habrá forjado

mi exterminio fatal y mi ruïna?

¡Qué voz…, qué acero, ¡oh Dios!…, ¡qué llama horrenda

arde en su seno atroz!… Y fratricida

me dijo…, sí, Linser; tú lo escachaste…

¿Mas dó mi espanto, adónde me extravía?…

¿Juzgas tú que es Reynal?

LINSER. Él es, no hay duda.

EUDÓN. ¿Y ha de triunfar de mí?… Jamás…, ¡oh ira!

En mi poder está…; muera al momento.

De su padre infeliz las huellas siga.

LINSER. ¡Señor!

EUDÓN. No hay otro medio: hierro y sangre

guarden mi cetro y la existencia mía.

ACTO V

ESCENA I

ELISA, sola

ELISA. ¿En dónde le hallaré?... ¿Dónde mis pasos

dirigiré en su busca?... ¡Desdichada!

¿Qué intento?... ¡Ay infeliz!... ¿Por qué la suerte

rompió el terrible yugo que enlazaba

tu amado cuello, ¡oh Dios!, para entregarte

de estos verdugos a la atroz, venganza?...

Tal vez no existes ya...; tal vez la mano

que en la paterna sangre se empapara

habrá hundido, sañuda, el hierro impío

en tu seno, ¡ay hermano!, yo la causa

fuí de tu perdición. ¡Destino adverso!

¡Y el pueblo lo consiente?... ¿Y Aquitania

sufre tranquila que en su seno sea

sacrificado su señor? ¡Oh alta

justicia de los cielos!, ¿lo toleras?...

¡Traidores!... ¿Dónde voy, desventurada?...

A morir con Reynal... Mas ¿quién se acerca?...

¿Yo sola en este sitio?... ¿Do me arrastran

mis desdichas?...

ESCENA II

LINSER y ***ELISA***

LINSER. Señora.

ELISA. ¿Quién? ¡Oh espanto!

LINSER. ¿Dónde, infelice, vais?... ¿De vuestra estancia

cómo osasteis salir?... Con tal peligro,

¿qué esperáis alcanzar?...

ELISA. ¡Ay Linser!... Nada,

nada me arredra. Di: ¿vive mi hermano?

Sólo salvarle...

LINSER. Detened la planta.

Escuchadme, señora: yo, yo he sido

de este infortunio, sin querer, la causa.

Yo..., ¡Elisa!..., ardo en amor; el pecho mío

es un volcán, cuya espantosa llama

me devora...; yo os amo, y negros celos

en mí vertieron su ponzoña insana.

Perdonadme un error...; yo vuestro escudo

seré. Mi brazo y mi tajante espada

de vuestro hermano son... Mas, ¡ay!, al menos

mirad sin ceño mi pasión, no ingrata

burléis de mi dolor...; yo la existencia

defenderé de vuestro hermano.

ELISA. Basta

no más, hombre cruel; tú, partidario,

68/79

satélite del bárbaro que osara

tanto delito cometer, ¿pretendes

engañarme a la par con tus palabras?

¿Qué fe, dime, tener puedo en tu brazo,

en tus ofertas, di, qué confianza?

LINSER.	Señora, ¡oh Dios!..., aunque mi negra suerte

con ese monstruo bárbaro me enlaza,

jamás, jamás, ministro de sus iras,

en sangre vi mis manos salpicadas.

Si no pude oponerme a sus furores,

nunca los aplaudí. La ardiente rabia

de una sospecha vil me hizo perverso.

Me hizo vil delator..., mas a tus plantas

perdón imploro ya.

ELISA.	Y aunque tus manos

en la inocente sangre no mancharas,

dime: ¿a la usurpación nos has cooperado

y a la opresión y engaño de la patria,

hollando la lealtad y la justicia?...

LINSER.	¿Y qué en lidiar contra el poder lograra?

ELISA.	Ser bueno y virtuoso: el que sostiene

del malvado el delito, y medra, y calla,

es también delincuente.

LINSER.	En desagravio

la libertad, la vida, la venganza

de Reynal…, ¡ay!…, Eudón, Eudón, ¡oh cielos!

¿si habrá escuchado acaso mis palabras?…

ELISA.   Ese temor es un delito.

ESCENA III

ELISA, LINSER y *EUDÓN*

ELISA.   ¿Adónde,

tirano, vas…, adónde?… ¿Aún no te sacias

de crímenes?… Si sangre sólo anhelas,

sangre de tu familia malhadada,

vierte la mía, cruel. Hunde en mi seno

con risa fiera la brillante daga.

EUDÓN.   ¿Me pensabas burlar, altiva joven?

¿Cómo salir osaste de tu estancia?

¿Qué intentas, infeliz?… Esfuerzos vanos

contra de mi poder. Ya tu esperanza

rendida está a mis pies… ¿En quién confías?

¿De quién socorro, por ventura, aguardas?

ELISA.   Del Cielo vengador; ¡monstruo, asesino!

EUDÓN.   ¿Qué osaste pronunciar?… Tiembla, insensata.

ELISA.   El crimen tiemble, la inocencia nunca.

EUDÓN.   ¡Eh!… ¡Basta de altivez, desventurada!

En mi poder estás, y está en prisiones

el mal aconsejado que intentaba

arrancarme del trono… ¡Miserable!…

Su juvenil arrojo, ¿qué lograra?...

ELISA.   ¡Cielos..., cielos!... ¿Lo veis?...

EUDÓN.   ¿Qué me detengo

en escuchar inútiles plegarias?

Tu hermano va a morir.

ELISA.   ¿Qué escucho? ¡Cielos!

¡Oh Dios!... ¡Monstruo!

EUDÓN.   Terrible le amenaza

este puñal. *(Saca un puñal.)* ¿Lo ves?...

ELISA.   ¡Qué horror!... ¡Soldados,

aquitanos, venid..., libradle!...

EUDÓN.   ¡Calla!

¿Qué logran tus acentos impotentes,

que en estos altos artesones vagan

y se pierden sin fruto?... La voz mía

tan sólo se obedece en Aquitania...

Mas ¿por qué tardo? En su iracundo pecho

escóndase este acero al punto... Nada,

nada le puede ya salvar...

ELISA.   ¡Ay triste!

¡Señor..., saciad en mí tan ciega rabia!

Ensangrentad, ensangrentad la diestra

antes en este seno... A vuestras plantas

vedme rendida, sí; dadme la muerte,

dádmela, por piedad... ¿Qué os acobarda?...

¿Qué teméis a Reynal? ¿Entre prisiones

no le tenéis seguro?... ¿Ya no enlazan

su cuello juvenil, sus tiernos brazos,

las hórridas cadenas?... ¿Y no basta?

Hundidme a mí con él en la honda sima,

de ella jamás el desdichado salga,

pero que viva al menos, y, entre tanto,

sed el dueño absoluto de Aquitania,

sin abrigar temor. Mas si os ahoga

sed a sangre, bebed la de su hermana.

¿Qué os detiene?...

EUDÓN.   ¿Qué es esto?... ¿Me abandona

mi esfuerzo a la impresión de sus palabras?

ELISA.   Herid, herid..., cruel.

EUDÓN.   Escucha, Elisa:

¿quieres la vida de Reynal?... Lograrla

tan sólo a ti te es dado.

ELISA.   ¡Señor!... ¡Cielos!...

¿Yo salvarle?... ¡Gran Dios!

EUDÓN.   Sí; se desarma

mi cólera violenta a tu atractivo.

Ven al momento, júrame en las aras

tu amor y fe, y el nudo de himeneo

enlace para siempre nuestras almas,

y vivirá Reynal.

ELISA. ¿Qué pronunciaste?…

¡Oh vil verdugo!… ¡Oh fiera sanguinaria!…

¿Yo mi diestra enlazar con esa diestra

de la paterna sangre salpicada?…

¡Qué horror! ¿Yo unirme a ti? ¡Cielos! ¡Malvado!

¡Parricida!… ¡Jamás! ¡Cuál me gritara

desde el mudo silencio de la tumba

de mi padre infeliz la sombra airada!…

Antes rotas las bóvedas celestes

contra mí lancen su tremenda llama…

No, padre, no; ¡jamás!

EUDÓN. ¿Jamás?… Pues muera.

ELISA. ¡Justo Dios!… Socorredle.

EUDÓN Elige, ingrata.

O mi mano, o su muerte ¿No respondes?

¿Brillan tus ojos de furor? ¿Y callas?…

Muera, pues tú lo quieres… Linser, toma,

toma este acero, corre, en las entrañas

del infeliz Reynal húndelo al punto.

De tu amistad confío mi venganza.

Vuela, no tardes.

ELISA. ¡Ay Linser!… ¡Oh cielos!

Espérate, verdugo.

EUDÓN. Linser, marcha.

ESCENA IV

EUDÓN y *ELISA*

ELISA. ¡Linser…, Linser!… Ministro de un tirano,

¿cómo no has de albergar lodo y falacia?

¡Ay hermano infeliz!… Cruel… ¿No temes

la justicia de Dios?… ¿No te acobarda

tanto delito?… Di, ¡feroz verdugo!…:

¿No ves el mar de sangre en que naufragas?…

Linser…, traidor… Reynal…, Reynal…, tu vida…

Sí…, vive…, vive a costa de tu hermana…

Vamos, monstruo, al altar. ¿Qué más pretendes?

A mi hermano infeliz, por piedad, salva.

EUDÓN. ¡Qué tarde!… Tal vez ya no será tiempo…

Elisa, Elisa… ¡Ay Dios!

ELISA. Sí…; corre…, llama

a Linser… ¿No adviertes… qué alarido?

EUDÓN. ¿Qué terrible rumor…?

ELISA. ¡Ay, vuela!…

EUDÓN. Aparta.

¿Qué nueva confusión…?

ELISA. ¿Que ya no existe?…

EUDÓN. ¿Qué estruendo…? ¿Quién se acerca? ¡Cielos, guardias!

¿Ya la fortuna airada me abandona,

y el brazo eterno sobre mí descarga?

ESCENA V

EUDÓN, ELISA y *LINSER,* que sale herido en brazos de los guardias

EUDÓN.   Linser... ¿Qué miro?... ¡Cómo!

LINSER.   Sí, malvado;

ya el Cielo vengador sus rayos lanza;

de haber sido tu amigo me castiga,

y al sueño eterno tu amistad me arrastra.

ELISA.   ¿Y Reynal?...

LINSER.   Escuchadme: a la honda cueva

donde era su prisión me aproximaba,

no a cumplir tus decretos sanguinarios,

sino a cumplir, ¡oh Elisa!, mi palabra,

cuando escucho alaridos horrorosos,

que Reynal y Reynal sólo clamaban,

y al punto miro al pueblo enfurecido

las puertas quebrantar del alto alcázar

con Arnaldo y Linel, que a su cabeza

su arrojo alientan, su furor exaltan.

Penetraron los fosos y rastrillos,

arrollando do quier tus fieles guardias,

y al verme a mí, «¡Mirad, mirad su amigo!»,

gritan, y esgrimen las terribles armas,

y no aprovecha el ruego ni la fuga,

que en pos de mí la multitud se lanza,

y me hiere y prosigue furibunda

75/79

en busca de Reynal...

EUDÓN.   ¿Qué escucho?... ¡Oh rabia!...

LINSER.   Elisa, perdonadme; mi delito

es haber sido débil... Ya me falta

la fuerza... ¡Ay Dios!...

EUDÓN.   Llevad a ese infelice

do lejos de mi vista rinda el alma.

No escuchemos de un débil moribundo

la lastimera voz.

(Se lo llevan parte de los guardias.)

ESCENA VI

EUDÓN, ELISA y *GUARDIAS*

EUDÓN.   Vuestras espadas

en mi defensa son, fieles soldados.

Si los viles cobardes que guardaban

las puertas no supieron en mi auxilio

cómo debieran manejar la lanza,

vosotros, que sois nobles, que a mí solo

debéis riqueza, honor, poder y fama,

ayudadme a humillar el desenfreno

de esa plebe infeliz, que está engañada

por un necio impostor...

ELISA.   Y qué, ¿aun le insultas?...

Teme el poder de Dios, que te amenaza.

EUDÓN.   Quita, y no más mi cólera provoques,

ELISA.   ¿Intentas resistir?... ¿Dó te arrebata

           tu cólera?... ¿Aún más sangre?... Cede, cede

           a la justicia... Evita la venganza

           del pueblo y de Reynal... Huye... Yo ofrezco

           conseguir el perdón...

EUDÓN.   ¡Perdón!... ¡Oh infamia!

           Muerte, muerte no más. Aún el Destino

           nuevos triunfos tal vez grato me aguarda.

           Mas ya se acercan..., ¡oh furor!... Soldados...

ESCENA VII

EUDÓN, ELISA, GUARDIAS, REYNAL y ARNALDO.

PUEBLO

Entran más guardias huyendo del pueblo

ELISA.   ¡Justo Dios!...

REYNAL.   Esperad; a la venganza

           tan sólo basto yo.

EUDÓN.   *(Se esconde entre sus guardias.)*

Guardias, ¡matadle!

PUEBLO. ¡Muera!

REYNAL. Esperad.

PUEBLO. Perezca con su guardia,

si le defiende.

REYNAL. No; no haya más sangre

que la suya.

ELISA. ¡Ay hermano de mi alma!

REYNAL. Tirano, ven. ¿Adónde estás, tirano?

¿Por qué te escondes? Ven...

ELISA. ¡Reynal!

REYNAL. Aparta.

ARNALDO. (*Adelantándose y conteniendo a* REYNAL.)

Soldados, ¿defendéis a ese perverso?

Ved que es usurpador. Ved que manchada

en la sangre de Alberto está su diestra.

Abandonadle, pues. Dejad las armas,

que no son para apoyo de tiranos,

sino para defensa de la patria.

Este es vuestro señor.

(*Señalando a* REYNAL.)

PUEBLO. Reynal lo es sólo.

GUARDIAS. Pues a Reynal seguimos.

(*Se van al lado del pueblo, abandonando a* EUDÓN, *a cuyo lado quedan los dos jefes de ella.*)

EUDÓN.   ¡Negra rabia!...

Todos, todos traidores... Pues yo quito

a tu pecho el placer de la venganza.

(Arranca el puñal de uno de los jefes, y se hiere y cae en sus brazos.)

TODOS.   ¡Viva Reynal!

ELISA.   (*Abrazando a* REYNAL)

¡Hermano idolatrado!

REYNAL.   Padre, vengado estás. Sombra, descansa.

ARNALDO.   El justo Cielo siempre a los tiranos

fin tan horrendo, inexorable, guarda.

FIN